Ludovica Scarpa

# Das
# Z
# E
# N
# (m)einer Katze

rütten & loening

Den
Ungeduldigen
Gequälten
Überdrüssigen
denen, die die Nase voll haben
die müde nach Hause kommen
als würden sie unter Tage arbeiten
denen, die unter Tage arbeiten
denen, die Katzen lieben und sie ein wenig beneiden

Ludovica Scarpa

# Das ZEN (m)einer Katze

Aus dem Italienischen
von Verena von Koskull

rütten & loening

Die Originalausgabe mit dem Titel *Lo zen del gatto* erschien 2010 bei Ponte alle Grazie, Mailand.

ISBN 978-3-352-00832-0 | Rütten & Loening ist eine Marke der Aufbau Verlag GmbH & Co. KG | 1. Auflage 2012 |  Illustrationen Innenteil Florence Boudet | Einbandgestaltung Büro Süd | Typografie und Gestaltung Renate Stefan, Berlin | Gesetzt aus der Minion durch Greiner & Reichel, Köln | Druck und Bindung TBB, a.s., Banská Bystrica | Printed in Slowak Republic | www.aufbau-verlag.de

*»Kann Lesen mich auf meinem Weg weiterbringen?«, fragte der junge Schüler.*
*»Es kommt darauf an«, entgegnete der Meister. »Wenn du glaubst, was du liest, drehst du dich blind im Kreis.*
*Doch wenn du bereit bist, alle Gewissheit fahren zu lassen, kann es dir ein Wegweiser zur Erfüllung sein.«*

*Was geht noch, außer zu tun, was man kann?*
*Vielleicht zu sein, was man kann?*

# VON NAHEM BETRACHTET IST NIEMAND NORMAL

Zorro ist ein ganz besonderer Kater. Er hat mich auserwählt.

Vielleicht ist jede Katze etwas ganz Besonderes, zumindest für ihre »Herrchen« oder sogenannten Besitzer. Und glauben wir nicht alle, wir seien etwas Besonderes, auch wenn wir keine Katzen sind? »Von nahem betrachtet ist niemand normal«, stand auf einem T-Shirt zu lesen, das meine Tochter vor Jahren trug. Ich lese liebend gern, einfach alles, selbst den Aufdruck auf der Zwiebackpackung, meine wahre Leidenschaft (der Zwieback, nicht der Aufdruck). Was die Sache mit dem »Normal-« oder »Besonderssein« oder Sich-so-Fühlen oder Fühlenwollen angeht: Hat es überhaupt Sinn, darüber zu reden?

Von Zorro habe ich gelernt, wie eitel wir sind, pausenlos wird eitel herumgeschwätzt. Von Zorro lernen heißt schweigen lernen, aufhören lernen. Nicht tun. Uns und unseren Ängsten schweigend Gesellschaft leisten. Ich bin blutige Anfängerin, deshalb sitze ich auch noch hier und schreibe.

Aber hübsch der Reihe nach. Zorro wandert über die Tastatur meiner Gedanken und geht ihnen voran.

# »MEIN« MEISTER

Zorro ist ein kleiner großer Zen-Meister unserer Zeit (zumindest meiner Zeit), auch wenn er es nicht weiß. Sagen wir, er ist es für alle, die ihn so sehen wollen. Für alle, die so denken wie ich.

Ungeachtet seines Namens hat er nichts mit dem maskierten Helden zu tun, der überall sein Zeichen hinterlässt, indem er mit dem Degen riesige Z in die Türen ritzt.

Der Zorro, den ich kenne, will keine Zeichen hinterlassen, und dennoch tut er es bei jedem, den er mit seiner eleganten, gemessenen Gegenwart beehrt. Zorro ist ruhig und heiter, frei und unabhängig, er beklagt sich nicht, zaudert nicht, murrt nicht und langweilt sich nie. Er respektiert die Wirklichkeit. Sein Name ist wie für ihn gemacht: Er ist Ausdruck seiner großen Selbstgewissheit.

Er kommt zu mir, wann er will, ohne Vorwarnung. Setzt sich auf seinen Lieblingssessel, schaut mich an und schweigt. Hochzufrieden schnurrt er wie eine Katze – er ist nun mal eine. Wenn er mich antrifft, freut er sich, wenn nicht, geht er seines Weges.

Nie käme ihm der Gedanke: »Wieso ist sie nicht hier!« Dieses Mehr müßigen Nachdenkens darüber, wie die Welt sein sollte, bringt er nicht auf. Er versucht nicht, an den Tatsachen zu rütteln. Mal bleibt er wartend vor der Haustür sitzen, mal zieht er weiter.

*Sagen: »Dieses oder jenes hat große Bedeutung.«*
*Begreifen, dass ich ihm diese Bedeutung gegeben habe.*
*Mir meiner Handlung bewusst sein.*

# DAS RITUELLE ZEN

Vor Jahren ging ich in ein elegant asketisches und erhaben tristes Zen-Zentrum gleich bei mir um die Ecke – seine Besucher nennen es *Dōjō*: japanisch für Ort *(jo)*, an dem man dem Weg (*do, dao, tao*) folgt. Stundenlang saß man ganz in Schwarz da und starrte schweigend in Meditation versunken die Wände an. Eine Lehrerin redete, knapp, streng, bestimmt. Eines schönen Tages, während ich die Wand anstarrte, bewusst einatmete und bewusst wieder ausatmete, in mich hineinlauschte und mich auf meinen Geist besann, sah ich mich plötzlich vor mir: Schau dich an, wie du dich wieder dahinterklemmst, wie du mithalten, gut sein, dich gut fühlen, es schaffen und weiß der Himmel was willst, sogar die Erleuchtung soll es für dich und deinen Geist jetzt sein. Nicht zu fassen: Das »Ich will«, die Gewalt des Trachtens, Wünschens und Strebens, das »Machen-« und Habenwollen, die Gier, der Eifer, der Umsetzungsdrang kennen wirklich keine Grenzen; selbst

Zen-Meditation wollen mein Geist und ich jetzt lernen. Aber wieso soll ich lernen wollen, nichts zu wollen? Ich beobachte die paradoxen Grenzen der Erfahrung. Still, bewegungslos und von jeglichen angenehmen wie unangenehmen Regungen frei starrte ich die Wand an, und dicke Tränen rannen mir, der Schwerkraft folgend, die Wangen herab. Ich saß da, die Leinwand vor meinem geistigen Auge leer, und fühlte, wie man sich fühlt, wenn man fühlt, wie man sich fühlt, frei von Identifikation, Präferenz und Gegenwehr. Ehrlich gesagt, weder traurig noch froh: Das Ende des Kraftaktes fühlt sich an wie das Ende des Kraftaktes.

Das Ende des Rituals ist das Ende des Rituals, mehr nicht. Hat man einen Fluss überquert, schleppt man das Floß nicht mit sich, sondern lässt es den anderen, steht in den heiligen buddhistischen Schriften. Nicht, dass mich das friedliche Dasitzen und Die-Wand-Anstarren irgendwo anders hingebracht hätte als zum friedlichen Dasitzen und Die-Wand-Anstarren. Es ist lediglich ein Bild und ein starkes Gefühl, zu merken, jetzt ist's genug, es reicht, im Sinne von: Es ist ausreichend, endlich. Ich räume meinen Platz vor der Wand. Ein guter Platz, frei für alle empfindenden Wesen.

Man muss weder sitzen noch liegen noch stehen noch Kopfstand machen: Man braucht nur dazusein und möglichst den Mund halten. Nichts kaputtmachen. Auf Zorro warten.

Die winzigste Erfüllung: sie nicht zu wollen. Die kaum merkliche Gewalt meines menschlichen Wollens zu spüren.

Das Mehr-als-genug zu erkennen, das mich umgibt.

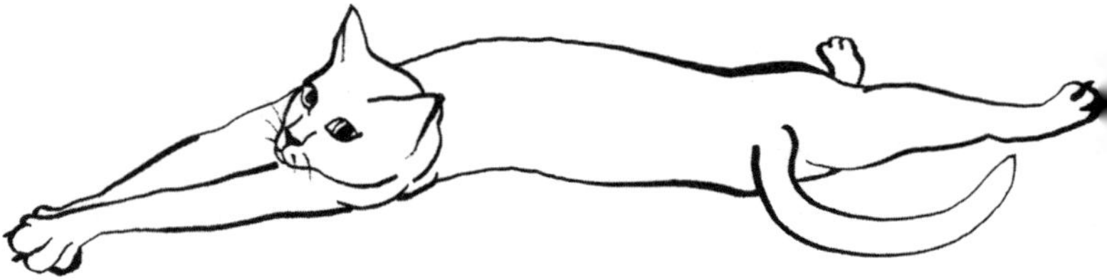

## SICH SELBST GEHÖREN

Zorro ist also ein besonderer Kater. Zunächst einmal ist er nicht »mein« Kater, die blaue Marke an seinem Hals besagt, dass er einem mir unbekannten Jemand gehört, der ein paar Häuser weiter auf der anderen Straßenseite wohnt. Zorro gehört sich selbst, und die ganze Straße gehört ihm obendrein, das zeigt sein erhabener, gelassener, königlicher Gang.

Zorro ist besonders, aber nicht nur für sein Herrchen, er hat schließlich keines: Er bestimmt, wann und mit wem er zusammen sein will, er hat bei seinen Nicht-Besitzern in der Nachbarschaft das Sagen. Er beehrt uns mit seinem Besuch und seiner Gegenwart.

Schon immer habe ich Katzen gemocht, aber da ich ständig auf Achse bin und zwischen zwei Städten pendele, wüsste ich gar nicht, wie ich eine halten sollte, angeblich reisen

Katzen nicht gern (ich eigentlich auch nicht, aber ich bin nun mal gern an diesen Orten, zwischen denen ich pendele, und weit weg obendrein, um immer mal wieder einen möglichst großen Abstand zu meinem Leben zu gewinnen, mich davor zu verstecken, und das geht nun mal nicht ohne Reisen), und so habe ich vor Jahren leise geseufzt: »Das Einzige, was mir fehlt, ist eine Katze!«

*Alles wird gut,*
*all deiner Mühen zum Trotz.*

## DER »RICHTIGE« MOMENT

Und dann ist Zorro aufgetaucht, ganz von allein. Im richtigen Moment. Allerdings hat er mich gelehrt, dass Wertungen wie »richtig« lediglich tröstliche Illusionen sind, die wir brauchen, um uns dementsprechend zu fühlen: Wenn Zorro kommt, geht's mir gut, also kommt er immer im »richtigen« Moment.

Der Moment ist immer richtig. Wenn ich ihn wahrnehme. Wenn ich aufhöre, dagegen zu sein.

Ich wohne im vierten Stock eines rund zwanzig Meter breiten und zwanzig Meter hohen Gründerzeithauses mit einem ebenso tiefen Hof: ein ordentlicher Quader, der Stabilität verheißt. In jedem Stock gibt es vier Eingangstüren zu vier Wohnungen. Auf meiner Etage ist eine Tür orange, eine gelb und eine cremefarben, meine ist dunkelrot. Hier in Berlin sind nach dem Mauerfall einige heruntergekommene Altbauten im ehemaligen Ostteil der Stadt an ihre Mieter verkauft worden, denen offenbar vor allem daran gelegen war, ihre Türen unterschiedlich zu streichen, aber das ist eine andere Geschichte.

*Die Welt ist perfekt*
*(einschließlich unserer Zweifel daran).*

## DIE TÜR ÖFFNEN UND DAS, WAS DA IST, WILLKOMMEN HEISSEN

Eines schönen Tages öffne ich die Wohnungstür, und da sitzt er, ein stattlicher Kater, der nur darauf zu warten scheint, dass ihm jemand aufmacht. Völlig selbstverständlich und mit einem lauten, zufriedenen Schnurren tritt er ein. Ein marmoriert getigerter Kater mit breiten Streifen in Creme, Milchkaffee und Dunkelbraun, wie ich es noch nie zuvor gesehen hatte (später habe ich herausgefunden, dass es sich um eine Marbled-Bengal-Katze handelt), ein schokofarbener Minitiger mit quellwasserblauen, weiß geränderten Augen, die einen durchdringend anstrahlen. Er trägt ein Halsband, und seine Art, sich zu bewegen, hat etwas sehr Vornehmes.

Auf dem Halsband steht, er heiße Zorro. »Guten Tag, Zorro!«, sage ich. Er kommt herein, setzt sich in den Sessel, der fortan »seiner« ist, um es in meiner besitzanzeigenden Terminologie auszudrücken, aber welche sollte ich von den Mühen der letzten 40 000 Jahre gebeuteltes Ex-Affenweibchen, das die Evolution überlebt hat und die Dinge mit seinen Händen zu greifen und an sich zu nehmen weiß, sonst benutzen? Ich bin Mitglied der Partei erfolgreicher Ex-Affen: Dabei zu sein bedeutet, es bis hierher gebracht zu haben. Und deshalb gehe ich gern mit Worten um. Ich kann nicht einfach schnurren und basta, wenn ich's könnte, würde ich es tun. Vielleicht schnurre ich ja auf meine Art (ich werde Zorro fragen).

Er ist den ganzen Tag da. Abends werfe ich einen Blick auf die Adresse an seinem Halsband, womöglich vermisst sein Herrchen ihn schon. Ich stelle fest, dass er in einem Haus gegenüber wohnt, nehme ihn auf den Arm und bringe ihn zurück. Dem Schnurren nach zu urteilen, scheint ihm der kurze Flug zu gefallen. In seinem Hof angekommen, springt er mir vom Arm und verschwindet in einer Katzenklappe. Hier wohnst du also. Ciao, Zorro!

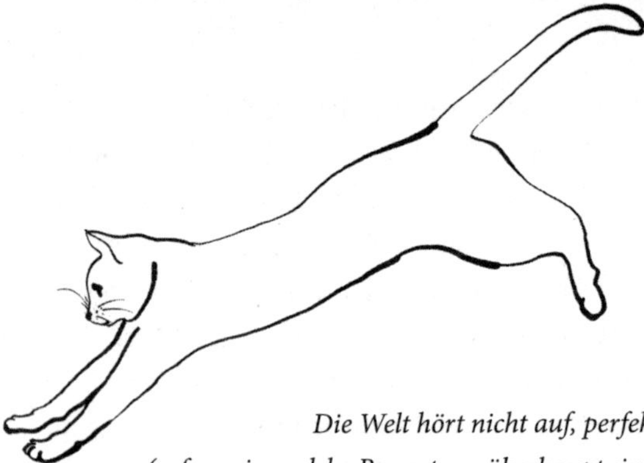

*Die Welt hört nicht auf, perfekt zu sein*
*(sofern eine solche Bewertung überhaupt sinnvoll ist),*
*und nimmt diesbezügliche Zweifel nicht ernst.*

## KOMMEN UND GEHEN, AUFTAUCHEN UND VERSCHWINDEN

Am nächsten Tag kommt er wieder; den Tag danach auch, und dann wieder und wieder. Ich bringe ihn nicht mehr zu »sich« nach Hause, »seins« ist bald alles, was sich hinter meiner Wohnungstür befindet; er kommt und geht, wie er will. Ich lasse mich darauf ein, von Zorro erwählt worden zu sein. Er passt zu mir, die ich eine Schwäche fürs Verschwinden habe. Indem ich mich von Zorro erwählen lasse, werde ich Teil seiner Wirklichkeit. Zorros Umgang mit der Wirklichkeit gefällt mir.

Der Kater aus *Alice im Wunderland* verschwindet auch.

Die Leute aus meinem Haus kennen ihn inzwischen, grüßen ihn auf der Straße und halten ihm die Tür auf, wenn er rein oder raus will. Sie klingeln bei mir und rufen fröhlich: »Zorro kommt rauf!« Mit seiner heiteren Vornehmheit hat er uns alle ein bisschen erzogen. Er tut uns gut. Er ist zur Wohltäterkatze des Hauses geworden.

Zorro ist so wunderschön, und seine zeitweiligen Besuche ehren mich.

Ob er sich wohl nach der Sonne richtet? Er kommt, wenn sie scheint.

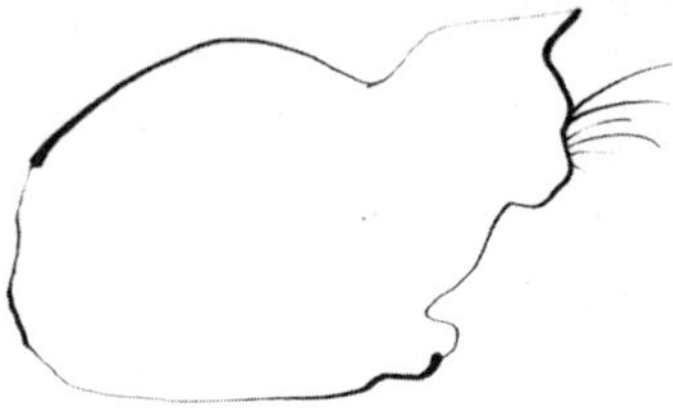

## SCHNURREN VOR ZUFRIEDENHEIT

Abgesehen davon, dass er kommt und geht wie Sonne und Regen, besteht seine Haupteigenschaft darin, fast durchgehend und laut zu schnurren. Er gibt mir das schöne Gefühl, dass er sehr froh ist, mich zu sehen. Zumindest glaube ich das. Eigentlich klingt er genau wie mein Kühlschrank. Ob der auch froh ist, mich zu sehen? Ich habe einen zufriedenen Kühlschrank.

Wenn Schnurren Ausdruck für Wohlbefinden und Zufriedenheit ist, dann ist Zorro das zufriedenste Lebewesen, das ich je getroffen habe (was nicht viel heißen will, da ich keine statistisch relevante Zahl an Lebewesen treffe). Und ich bin ebenfalls hochzufrieden: Herzlich willkommen, Zorro. Schreiben – meine Art zu schnurren.
Ich frage mich, ob Zorro auch schnurrt, wenn er allein ist; wenn nicht, dann schnurrt er für mich! Ich fühle mich geehrt.

Zorros Zufriedenheit – oder das, was ich in Ermangelung eines Besseren so nenne, um die meinige auszudrücken – ist ansteckend.

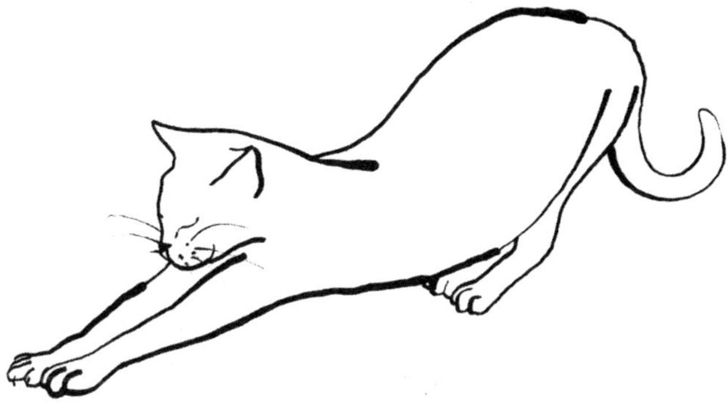

## SCHIEBEN UND ZIEHEN

Und da ist er wieder, hingeräkelt auf dem Sessel, das lebende Inbild der Akzeptanz: die Entspanntheit des Körpers, der sich dehnt und vertrauensvoll niederlegt. Zorro weiß, dass der Sessel ihn hält, dass der Fußboden den Sessel, das Haus den Fußboden und die Welt das Haus hält, und mehr verlangt er nicht. Seine Vorderpfote baumelt elegant herunter und ist ganz offensichtlich mit der Schwerkraft im Reinen.

Dass er sich hinlegt, trifft es nicht ganz, er lässt sich fallen, voller Vertrauen in die Welt, die ihn freundlich trägt.

Nicht wie ich, der typische Ex-Affe, der dauernd was will, innerlich angespannt, von widersprüchlichen Wünschen, Bedürfnissen und Vorsätzen hin- und hergerissen, gefangen im stumpfen tagtäglichen Kleinkrieg gegen die schlichte Unabänderlichkeit der Dinge. Zorro hat keine

Ahnung von meinen allzu menschlichen Vorlieben, mit denen ich die arme, ratlose Welt bedränge. Beharrlich beackere ich sie, um etwas zu verändern, zu verbessern, zu schaffen, zu regeln, um mich durchzusetzen. Um sie zu beherrschen oder ihr zu gefallen. Um mir zu gefallen.

Ich will, lege mich ins Zeug, bleibe dran, probiere es noch mal, erkläre, versuche zu verstehen, zu überzeugen, sammle Kräfte und beginne von vorn. Ein riesiger Ameisenhaufen guter Absichten.

Vielleicht liegt es an den Händen, an diesem Daumen, der greifen, festhalten, drücken und zupacken kann. Zorros Pfoten sind nicht so.

Vor Jahren hatte ich einen Traum: Ich stehe auf einer Art Platz oder in einer Senke, umzingelt von zahllosen Frauen mit zornigen Gesichtern, die bedrohlich auf mich zukommen (in der Tat ein ziemlich egozentrischer Traum); statt der rechten Hand haben sie einen harten Huf. Hasserfüllt und vernichtend starren sie mich an. Ich spüre, dass sie mich einkreisen und töten wollen, dass es kein Entkommen gibt, das ist das Ende: Ich bin anders, ich »weiß«, dass ich nicht so einen Huf habe. Dann plötzlich sehe ich in ihren Augen Überraschung aufblitzen, der Hass ist verflogen, sie mustern mich verblüfft und fast mitleidig; oder ekeln sie sich vor mir? Ich spüre, dass ich außer Gefahr bin, niemand wird mir etwas tun. Ich senke den Blick und verstehe: Ich habe keinen Huf, nicht einmal Hände habe ich. Das rettet mich. Statt zusammenzuschrecken wache ich auf und bin so glücklich wie noch nie in meinem Leben, denn ich bin gerettet. Ich spüre es. Die Erlösung – ein nie gekanntes Glücksgefühl. Man hat mich verschont. Danke. Danke, und nochmals danke.

*An ungeraden Tagen: die Dinge beharrlich verbessern wollen.*
*An geraden Tagen: sich auf das konzentrieren,*
*was schon (ziemlich) gut ist.*

## DAS GEFÄLLT MIR, DAS GEFÄLLT MIR NICHT

Mein Nachbar mit der gelben Wohnungstür ist seit ein paar Jahren in Rente, und eines seiner Hobbys besteht darin, einzukaufen und für eine mindestens vierköpfige Familie, die er nicht hat, zu kochen. Und so kommt er, wenn er mich zu Hause weiß, häufig gegen Mittag oder Abend zu mir herüber und sagt: »Heute gibt's Kartoffeln, Spinat und Senfeier« (zum Beispiel). »Hmmm, das klingt aber toll, ich hab gar nichts da«, sage ich dann, und einen Augenblick später steht er mit seinen Töpfen voller Köstlichkeiten in der Tür. Dafür spüle ich das Geschirr, denn das scheint nicht zu seinen Lieblingsbeschäftigungen zu gehören.

Und Zorro?

Postiert in seinem Lieblingssessel, spitzt er erst die Ohren, und wenn wir bei Tisch sitzen, hebt er den Kopf. Dann springt er herunter, reckt sich und kommt gaaanz langsam, um zu zeigen, wie weit er über solch banalen Dingen wie der Nahrungsaufnahme steht, zu uns herüber. Er hockt sich auf die Hinterpfoten, nimmt, als wollte er sein Gewicht taxieren, den freien blauen Stuhl am Tischende ins Visier und springt mit einem Satz darauf. Schweigend beobachtet er, wie wir unsere Teller füllen. Manchmal legt er das Kinn auf den Tisch, um besser sehen zu können und der Schwerkraft keinen Widerstand zu leisten.

Es hilft nichts, wir Menschen schaffen es einfach nicht, ihm nicht von allem etwas zuzustecken: Wir legen ihm ein Bröckchen gekochte Kartoffel an den Tischrand, ein Stückchen Vollkornbrot, und Zorro benutzt seine Pfote wie eine kleine Hand, greift vorsichtig danach, stupst es behutsam an, um die Konsistenz zu prüfen, und schnuppert. Oft lässt er es gleichgültig liegen, aber manchmal führt er es zum Maul oder wirft es auf den Boden und probiert es dort: Das ist einfacher, vom Boden kann nichts herunterfallen. Wieso, frage ich mich, widersetzen wir uns der Schwerkraft mit einem Tisch? Ein typisch menschliches Artefakt, das sich gegen die schlichten Tatsachen sperrt.

Vieles von dem, was uns schmeckt, isst Zorro nicht, er lässt es liegen, untersucht es jedoch aufmerksam, vielleicht, um uns zu verstehen. Oder vielleicht, weil die ganze Welt ihn interessiert, die Nahrung anderer Spezies eingeschlossen. Am liebsten benutzt er dazu seine Nase.

Ich liebe Zwieback und rohes Sauerkraut direkt aus der Packung. Dieses ungezogen Animalische gefällt mir: die Tüte aufschneiden, mit den Fingern reinlangen und das Kraut in den Mund stopfen wie ein Affe – hmmmm, schön sauer und knackig.

Ich mag es, meinem Spiegelbild in den Schaufenstern zuzulächeln, als würde ich mich kennen. Manchmal hingegen tue ich lieber so, als würde ich mich nicht kennen.

Angebrannte Zucchini wie die, die gerade jetzt, während ich schreibe, beinahe auf dem Herd verkohlen, mag ich nicht. Zum Glück bemerke ich es noch rechtzeitig. Ohne nachzudenken springe ich auf und drehe die Flamme aus. Das habe ich von Zorro gelernt: Das zu tun, was gerade nötig ist, ohne viel Trara. Es gibt noch vieles, was ich nicht mag und hier unerwähnt lasse, um mich nicht zu betrüben. Es sind die Dinge, denen ich nicht durch Aufspringen und Zupacken beikommen kann.

Ich bin eben parteiisch, ich kann die Welt nicht einfach hinnehmen, wie sie ist, und sie dazu noch bedingungslos lieben. Was für eine Vorstellung! Auf so etwas kann nur ein Ex-Affe auf Urlaub kommen.

Ich betrachte Zorro, der seine Ohren fast unmerklich in meine Richtung dreht, als nähme er das Geräusch meines Blickes wahr. Oder das Knirschen der Zahnräder in meinem Kopf. Er ist hier. Er plant nichts, verlangt nichts, wägt nichts ab, grübelt nicht über die eigenen Ziele nach, versucht nicht, auf Teufel komm raus eine gute Katze, ein weiser Freund, ein erleuchteter Ex-Tiger zu sein. Er langweilt sich nicht. Er stemmt sich nicht gegen die Dinge oder die Leere, die wir Menschen auf keinen Fall wahrhaben oder mit vermeintlich Sinnvollem füllen wollen. Mit guten Absichten, Aufgaben, Liebe. Mit Schönheit. Mit Weisheit. Mit Hingabe.

Zorro lebt von Hinnahme, und das ohne jede Erklärung. Er respektiert die Wirklichkeit.

Wenn er da ist, bin ich ganz ruhig: Er lässt mich spüren, dass ich die Wirklichkeit bin. Auf der Bühne der Biosphäre spiele ich eine klitzekleine Rolle.

# UNRUHE

Jedes Mal, wenn er sich nach einem endlosen Miniwinterschlaf in »seinem« Sessel erhebt, reckt er sich – gemächlich, elegant und offensichtlich hochzufrieden, auf der Welt zu sein und einen so schönen, stattlichen Körper zu haben. Er verlagert das Gewicht auf die Vorderpfoten, setzt sie zögernd auf den Boden, als wollte er dessen Festigkeit prüfen oder sich daran freuen, dass er ihn noch immer trägt und in der Zwischenzeit nicht verschwunden ist.

Wer schon einmal Tai-Chi gemacht hat, weiß, wie seltsam und ungewohnt es anfangs ist, sich für längere Zeit ganz langsam zu bewegen. Zorro praktiziert eine Art natürliches Dauer-Tai-Chi. Er weiß, wo seine Pfoten sind, oder besser, statt es zu »wissen« und sie zu »haben«, *ist* er seine Pfoten. Er ist eins mit seinen dicken Tatzen, die sich an ihrem wohlverteilten Gewicht erfreuen. Es ist ein Genuss, ihm zuzusehen.

Uns Nicht-Katzen reicht es nicht, dass die Erde unter unseren Füßen uns vermeintlich Halt gibt. Irgendein berühmter Jemand hat einmal gesagt: »Und sie bewegt sich doch« (er meinte die Erde), und ein anderer hat ein paar Jahrhunderte später stolz behauptet, aus phänomenologischer Sicht (für die ich mindestens so viel übrig habe wie für Zwieback) bewege sich die Erde unter unseren Füßen nicht, es sei denn, es gebe ein Erdbeben. Das erscheint einfach zu offensichtlich, als dass wir uns darüber freuen könnten.

Und so geht uns die beglückende Dankbarkeit für die von uns mit einem brutalen »Das ist doch sonnenklar!« abgestempelten Dinge verloren. Auf der Welt zu sein; Augen zu haben, die aus dem Fenster blicken und etwas sehen können; Zeit zu haben, es zu tun; uns zu recken. Nein, wir sind wirklich keine Katzen.

# WIRKLICH DA SEIN

Seit damals kommt Zorro ab und zu vorbei; manchmal bleibt er ein paar Tage, manchmal auch über Nacht; manchmal schläft er in meinem Bett, zusammengerollt zu meinen Füßen, und dann fühle ich mich sehr geehrt. Ich versuche, seinen Rhythmus zu durchschauen, wenn es denn einen gibt. Wenn es regnet, scheint er nicht vor die Tür zu gehen; auch nicht, wenn es schneit. Der Winter hier ist sehr kalt. Wenn Zorro das Haus nicht verlässt, verlasse ich es möglichst auch nicht. Und trotzdem schafft er es bis hierher.

Sein Entschluss, (auch) bei mir zu wohnen, beglückt mich. Ich überlege, ob ich ihm eine eigene Katzenklappe einbauen lassen soll, denn ich bin häufig nicht da. In seinem urinnersten Respekt vor der Wirklichkeit und ihren Gegebenheiten scheint er zwar keinerlei Vorlieben zu haben, aber ich habe welche, und es tut mir ein bisschen leid, ihn vor der Tür stehenzulassen. Er soll hereinkommen und sich aufwärmen können.

Bisher habe ich den Nachbarn für solche Fälle meinen Schlüssel dagelassen, damit sie ihm aufmachen können – eine Katze hat keine Greifhand wie wir Ex-Affen, sonst würde ich Zorro den Schlüssel geben, aber Taschen hat er ja auch keine. Wozu auch: er hat ja uns, seine Assistenten.

Einmal, als ich von einer meiner üblichen Reisen zurückkehrte, hat er auf mich gewartet (das ist mal wieder meine Terminologie: Eine Katze wartet nicht – sie *ist*, ist da, und das voll und ganz), er hat also auf dem kleinen Hügelchen vor dem S-Bahnhof gesessen und mich, als hätte er nie etwas anderes getan, wie ein braver Möchtegern-Hund den mindestens 500 Meter langen Weg bis nach Hause begleitet.

## SPIELEN, OHNE ANGST ZU LEBEN

Zorro und die Straße: Wie macht er das, bei diesem Stadtverkehr keine Angst zu haben und sich nicht überfahren zu lassen?

Ich wohne in einer Seitenstraße. Wenn ein Auto kommt, geht Zorro nicht aus dem Weg, er sitzt einfach da, reglos, groß und stattlich und für alle sichtbar. Ist er zu faul? Zu majestätisch? Zu erhaben? Hat er die Faulheit zu einem kontemplativen Wert erhoben, die Weisheit des Nichtstuns, ein Taoisten-Kater? Vollkommen unerschrocken sitzt er auf »seiner« Straße und spielt Autos-mit-dem-Blick-anhalten. Und es klappt.

Sein Revier umfasst drei große Häuserblocks und einen Hügel unweit der S-Bahn-Station. Es wird von drei mehrspurigen Straßen begrenzt, die ihm wie reißende, gefährliche Flüsse vorkommen müssen, und von den ebenfalls bedrohlichen Gleisen, auf denen alle paar Minuten riesige, lärmende Drachen entlangdonnern und in der Raumzeit verschwinden. Hin und wieder sieht man auch Füchse.

Zorro hat ein eigenes System: Er schleicht unter den geparkten Autos entlang, denn dort ist er absolut sicher und kein Hund kann ihn schnappen. Und wenn der Schnee hoch liegt wie in diesem Winter, kommt er in seinem persönlichen Katzentunnel unter den Autos besser voran und ist zudem vor dem schlechten Wetter geschützt. Hin und wieder genießt er auch die entropische Wärme eines gerade erst abgestellten Autos. Wenn aber die Sonne scheint, räkelt sich Zorro gemütlich auf dem heißen Blech eines parkenden Wagens.

Den Anforderungen des Lebens weiß Zorro elegant zu genügen. Nicht denen *seines* Lebens, denen des Lebens überhaupt.

Und das ist, wie es ist. Tun, was es gerade von uns verlangt, Schritt für Schritt, das, was man sowieso tun muss, was ansteht und getan werden will. Sinnlose Zeitverschwendung, sich darüber zu beklagen. Zu sagen, es sei zu viel. Und dann auch noch ein schlechtes Gewissen zu haben, weil wir uns beklagen. Sehr einfallsreich. Man tut's und basta. Darüber nachzudenken ist viel mühsamer. Zorro macht das so. Er spielt mit dem, was das Leben ihm bietet.

Eines nach dem anderen.

Langsam, selbst der Luftwiderstand will berücksichtigt werden.

Er kennt keine Angst, es sei denn, vor ganz konkreten Dingen, wenn zum Beispiel jemand versucht, ihn zu treten (ich habe gehört, die Nachbarin im Seitenflügel habe einmal nach ihm getreten, seitdem ist sie mir natürlich unsympathisch): Dann weicht er aus und springt mit einem Satz davon.

Was er nicht kennt, ist die Angst, Angst zu haben, das, was wir Furcht nennen.

In unserem Ex-Affenhirn wimmelt es nur so davon: Wir fürchten uns sogar vor dem Tritt, den wir nie bekommen haben, aber vielleicht bekommen könnten, und allein die Vorstellung verursacht uns Schmerzen. Schon heute haben wir Angst, irgendwann einmal getreten zu werden. Also stecken wir unser Geld in Versicherungen und Impfungen.

Jede Minute entscheiden wir, was für ein Mensch wir sein wollen. Doch wer entscheidet sich schon freiwillig dafür, sich zu fürchten? Aber es hilft auch nichts, sich dagegen zu entscheiden.

## UNSERE WIRKLICHKEIT SEIN, ABER WELCHE?

Inzwischen hat Zorros Wasserschüssel in meiner Küche einen festen Platz, ich erneuere sie täglich und gieße das alte Wasser an die Blumen. Es ist eine symbolische Schüssel, Zorro trinkt nie daraus. Sie soll ihm lediglich zu verstehen geben: Du bist hier zu Hause. Und er versteht.

Er trinkt aus einer sehr schönen, großen, randvollen Designergießkanne, die auf dem Küchenfensterbrett steht. Dazu muss er auf die Waschmaschine springen und den Kopf ziemlich umständlich unter den Griff zwängen, doch offensichtlich hat auch Zorro etwas für die kleinen Herausforderungen des Alltags übrig, denn er trinkt nur so. Seit ich es bemerkt habe, ist die Gießkanne immer voll. Manchmal springt er von der Waschmaschine ins Spülbecken und starrt, nach verborgenen Wasserläufen schnuppernd, auf den Ausguss.

Jedweder Sache, die sich seiner Beachtung als würdig erweist, jedem noch so kleinen alltäglichen Handgriff gilt seine ganze noble Aufmerksamkeit.

Zu der Gießkanne gibt es eine kleine Geschichte. Irgendwo hatte ich gelesen, dass eine Liebesbeziehung wie eine Pflanze ist, die gepflegt und gegossen werden will, und das hatte ich meinem damaligen Freund erzählt. Er nahm es als Vorwurf und antwortete pikiert, Menschen hätten keine Wurzeln und seien keine Pflanzen. Für mich war das ein Wink, zu gehen. Doch dann, lange Zeit danach, schenkte er mir diese wunderschöne Gießkanne. Ich habe nie erfahren, ob das eine verspätete Antwort war. Ich will auch gar nicht nachfragen, sonst käme ich vielleicht noch darauf, dass ich mit dieser Geschichte im Kopf von Anfang an ganz allein auf weiter Flur gewesen bin. Lieber nichts riskieren. Die Gießkanne bleibt schön auf der Fensterbank stehen, randvoll.

Während Zorro auf denkbar unbequemste Weise aus der schönen, ihm allemal würdigen Gießkanne trinkt, hänge ich meinen Gedanken nach: Besteht meine Wirklichkeit darin, mir Sorgen zu machen oder zu glauben, ich könnte mich ihrer annehmen? Richte ich mich also nach meinem Kopf, der ständig etwas anderes »will« als das, was ist? Wie kann ich da von Zorro lernen, ich, die letzte aller Nicht-Katzen? Indem ich zu begreifen versuche, wie er es macht, wie er die Wirklichkeit hinnimmt, ohne daran herumzuzerren? Zweifel über Zweifel: Gehört das auch zu meiner Wirklichkeit?

Die Wirklichkeit ist eine Quetschkommode, und ich bin ganz tief in eine ihrer zahllosen Falten gestürzt. Je mehr ich versuche, daraus hervorzukrabbeln, desto tiefer rutsche ich hinein. Mich in Bewegung setzen, um genau dort anzukommen, wo ich bin? Verloren im Treibsand meines Verstandes?

Zorro kommt zu mir, nicht zu dem Bild, das er sich von mir gemacht hat. Er lässt mich sein, was ich bin, was auch immer das ist. Er würde das natürlich nicht so sagen.
Er schnurrt und basta.

Zorro ist mit der Welt im Reinen. Er ist offen für alles: Mit einem stinknormalen Korken und einer Kordel lässt sich prima spielen, man sei eine große, gefährliche Raubkatze. Die Welt ist voller interessanter Dinge, und Zorro nimmt sie wahr.

Komm. Oder auch nicht. Du hast Abhängigkeiten geschaffen. Du hast mich gezähmt. Jetzt sitze ich hier und warte auf dich. Ich denke an dich. Wo Zorro wohl ist, frage ich mich. Ich frage den Nachbarn. Er fragt mich.

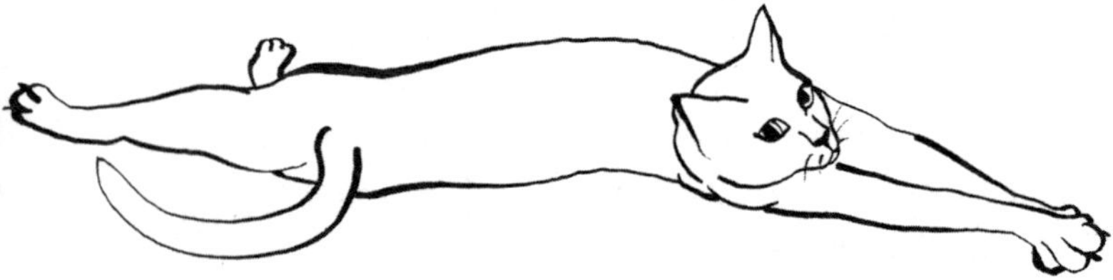

## DIE OFFENSICHTLICHKEIT DES SEINS

Doch wenn ich zu Hause bin, kommt Zorro irgendwann. Ich frage mich, ob er die Leute aus der Nachbarschaft an ihrem Schritt, am Duft ihrer Seelen oder an den Schallwellen ihrer Gedanken erkennt, jedenfalls »weiß« er, wer da ist. Oder vielleicht will ich das nur glauben, und er kommt einfach so vorbei?

Er ist eben. Lebt die Offensichtlichkeit des Seins. Gibt ein gutes Beispiel.

Ich geb's zu: Um ihm ein bisschen auf die Sprünge zu helfen, habe ich mir angewöhnt, bei meiner Rückkehr zu pfeifen.

Wenn ich nicht da bin, geht er zum Nachbarn mit der gelben Tür. Zu denen, die ihn nur ungern hereinlassen würden (Katzenallergiker zum Beispiel), würde er nicht im Traum gehen. Im Laufe der Jahre haben der Nachbar und ich uns Katzenklos und Katzenstreu, Katzenbürsten, Futternäpfe, Vitamincracker und seit neuestem sogar Katzenmilch zugelegt. Wir sind bereit: Wir Ex-Affen, die es im Laufe von Jahrtausenden mühsam zu etwas gebracht haben, wir warten, mein lieber Zorro.

Alles, was uns ausmacht, müssen wir lernen: zu akzeptieren, was man uns sagt, und/oder es zu hinterfragen; uns angesichts dessen, womit uns die Wirklichkeit konfrontiert, irgendwo zwischen den beiden Extremen Ja und Nein zu positionieren. Wir werden mit den Dingen konfrontiert, statt sie wie Zorro sanft zu begleiten.

Wir empfinden Mitgefühl, aber auch Unbehagen und Ablehnung. Wieso würden wir sonst sagen: »Sollte ich?« Statt einfach zu sein, wie Zorro?

Verstrickt in ein Netz von Unvorhersehbarkeiten mache ich mir eine Liste, um den Überblick zu behalten, doch jedes Wort ist eine Idee, und noch nicht einmal »meine«: Die Sprache hat mich empfangen, als ich auf die Welt gekommen bin. Mein Verstand und ich spielen damit wie mit einem Wollknäuel, wir wickeln uns darin ein und verheddern uns im Netz der Symbolik. Wir vergessen, dass wir nur damit gespielt haben. Wir glauben wirklich daran. Wir streiten. Wir sind gern im Recht. Doch dann tut es uns leid, und wir haben ein schlechtes Gewissen. Was machen wir da eigentlich?
Und einfach mal Ruhe geben?

»Das hält nicht vor, dieser innere Frieden wird dir ganz schnell langweilig«, sagt mir mein Verstand. Nein, das stimmt nicht ganz, mein lieber Verstand, ich langweile mich nicht, ich fühle mich nutzlos. Mir fehlt das gesunde bisschen Stress. Ich spiele nicht aus Spaß, sondern aus Notwendigkeit. Jetzt erkenne ich ihn ganz deutlich, den Egoismus, sich nützlich fühlen zu wollen. Und dazu braucht es Probleme, die es zu lösen gilt. Ich komme mir vor wie ein Geier, der lauernd auf seinem Ast hockt. Das Paradies ist hier, man muss es nur ertragen – okay, zusammen mit dem ganzen Rest.

Zorro, ich bitte dich, komm bald wieder.

*»Den Pflug mit leeren Händen halten,*
*den Büffel reiten, indem man zu Fuß geht«,*
*und beim Lesen dieser Zeilen nicht lachen.*

## WAS ER NICHT MACHT

Zorro ist für alles offen: Wenn eine Fliege durchs Zimmer surrt, beobachtet er sie gebannt, wenn er Lust hat, springt er im richtigen Moment auf und fängt sie. Normalerweise hat er Lust und die arme Fliege das Nachsehen. Von ihm habe ich mir das Fliegenfangen abgeschaut, doch (wenn es mir gelingt) mache ich das Fenster auf und lasse sie frei. Nicht aus Fliegen-Mitleid, sondern aus Genugtuung, es geschafft zu haben. Außerdem ist mir (zu ihrem Glück) das Geräusch zuwider, wenn man sie zerquetscht. Und ja: ich find's toll, mit dieser Geschichte Eindruck zu schinden. (Ich bin nun mal ein waschechter Ex-Affe und will immer glänzen!)

Es gibt noch etwas, das Zorro nicht tut: Er kümmert sich nicht darum, was andere über ihn denken. Er will keinen guten Eindruck machen. Er steht darüber und macht die Welt zu einem besseren Ort.

Wenn Menschen mich wertschätzen, dann finden sie die Vorstellung gut, die sie von mir haben.

In Zorros Welt glänzt man mit der Tatsache, auf der Welt zu sein, ohne mögliche Alternativen zu erwägen, anzustreben oder zu fürchten.

Derweil liegt Zorro zusammengerollt da und genießt unsere beheizbare Zivilisation. Bei der Kälte draußen fühlt er sich hier gewiss geborgen. Damit ich mich ebenfalls geborgen fühle und mich wie Zorro an dem freue, was man durchaus auch lächerlich finden kann, braucht es einiges an Phantasie. Und die habe ich.

Zu leben ist Zustimmung, ist das Ja zum Sein. Es sei denn, »ich« mache es mir mit Ablehnung oder anderen Verquastheiten madig.

So lebt Zorro, souverän, aristokratisch, hoheitsvoll. Ein König hat es nicht nötig, einen guten Eindruck zu machen.

Zorro ist neugierig, selbständig, intelligent, er interessiert sich für alles. Er ist nicht sentimental. Nichts ist ihm zu blöd: Er macht keine Unterschiede. Er ist frei.

Zorro diskutiert nicht. Er will nie recht haben.

Er korrigiert sich nicht, entschuldigt sich nicht, rechtfertigt sich nicht, will nicht überzeugen. Er hat keine Angst

davor, zu schweigen. Er muss nichts tun, um sich geliebt zu fühlen. Er taktiert nicht.
Er übertreibt nicht. Niemals.

# IM JETZT LEBEN

Zorro ist da. Er sitzt auf der Waschmaschine und schaut aus dem Fenster. Ich weiß nicht, wie es ist, sich zu fühlen wie er, aber ich tue es ihm gleich, nehme mir ein Beispiel an ihm. Beobachte genauso aufmerksam wie er. Er langweilt sich nie, ich langweile mich nie.

Von Zorro lernen: lernen, zu sein, sonst nichts.

Im Jetzt sein. Und zum Glück ist immer und immer wieder Jetzt. Das Gefühl, jetzt gerade etwas zu verpassen, während ich versuche, darüber zu reden. Ich verliere mich im Begriffssalat. Akustische Tricks, um die atmosphärische Leere zu füllen.

Doch ich lerne von Zorro, meinem geliebten stillen Meister.

Gerade noch rechtzeitig riechen wir den Tee aus frischem Ingwer, den ich auf dem Herd vergessen habe.

Wir freuen uns an diesem Moment, der sich uns bietet. Teil des Ganzen: Wir sind ein heiteres Idyll, eine Landschaft mit Sofa.

## ZORRO FRAGEN

Zorro zu fragen bedeutet, der Frage zu lauschen.

Dennoch mache ich alles allein, selbstbezogen, wie mein Verstand und ich mit unseren endlosen Grübeleien sind. Zweifel und Fragen erweitern die Möglichkeiten, Antworten hingegen treffen eine Wahl und schränken sie ein. Besser also jemanden fragen, der nicht antwortet.

Mein Verstand spielt mit mir: Illusion, Allusion, Delusion, alles Begriffe, die aus dem lateinischen *ludere* – spielen – abgeleitet sind (und apropos Achtsamkeit: Vor kurzem erst ist mir aufgefallen, dass ich ja auch so heiße!). Wenn ich vergesse, dass mein Verstand und ich miteinander spielen, vergesse ich zu lachen: Also rasch auf einen Zettel schreiben! Oder einfach nur lachen und fertig?

Wieso erscheint uns die Suche nach dem Sinn des Lebens so tragisch, wo wir ihn doch selbst versteckt haben? Es gibt immer irgendjemanden, der sich allzu wichtig nimmt: »Ich.«

Alle sagen »ich« und meinen jemand anders. Erstaunlich, dass man einander trotzdem versteht.

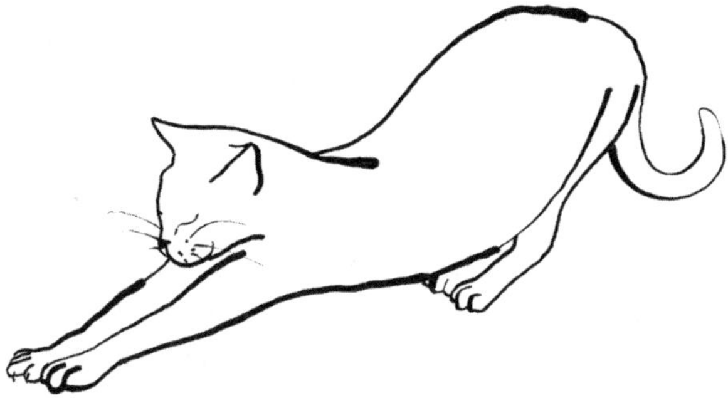

# GESCHICHTEN

»Ich« bin das Kindeskind zahlloser in alle Winde verstreuter Menschen mit wild durcheinandergewürfelten Genen. Keine Ahnung, warum mir jetzt der Vater meines Vaters in den Sinn kommt, von dem ich kaum etwas weiß: Er ist wenige Monate vor meiner Geburt gestorben. Er war ein kleiner Angestellter bei der venezianischen Stadtverwaltung; als er sich in den dreißiger Jahren weigerte, in die Partei einzutreten, wurde er an die Luft gesetzt. Also fristete er mit seinen fünf Kindern ein ärmliches Dasein und war nach dem Krieg zu verbittert, um noch einmal von vorn anzufangen. Er starb früh, und seine Frau (die blutjung, vaterlos und von ständiger Angst und Gerüchten einstigen Reichtums begleitet aus São Paolo nach Italien gekommen war) starb noch vor ihm. Seine Mutter stammte aus österreichisch-ungarischem Triester Adel und war wegen ihrer Heirat mit einem Scarpa, Sprössling kleiner Kaufleute aus dem Castello-Viertel, in Ungnade gefallen.

An Aristokratischem ist mir die selbstbewusste Nachlässigkeit, eine gesunde, weltfremd-optimistische Arroganz und eine wesenseigene, von Rastlosigkeit gut kaschierte Faulheit geblieben. Als ich hierhergezogen bin (auf eine Insel in der Lagune von Venedig, wo ich die andere Hälfte meiner Existenz verbringe), hat meine alte Nachbarin mich verblüffenderweise sofort erkannt: »Du bist 'ne Scarpa aus Castello, das sieht man!« Dabei habe ich diese Verwandten, die vor achtzig Jahren die Nachbarn meiner jetzigen Nachbarin waren, nie kennengelernt.

Die Hälfte von Pellestrina, der langgezogenen Insel aus Sand und Fischerhäuschen, die die Lagune südlich des Lidos abschließt, ist von der riesigen Sippe der Scarpa bewohnt, die, wie der Name schon sagt, von der griechischen Insel (S)Karpathos stammen. Vor Hunderten von Jahren soll ein Schiff voller kräftiger junger Kerle aus dem fernen Karpathos vor Pellestrina Schiffbruch erlitten haben. Indem sie sich schwimmend auf das Eiland retteten und dessen Bewohnerinnen mit ihrer fruchtbaren Liebe beglückten, lieferten sie einen schlagenden Beweis für die Vitalität ihrer Gene und die strotzende Kraft des Lebens überhaupt. Allein beim Gedanken daran fühle ich mich besser: Danke, ihr Lieben, dass ihr es damals geschafft habt!

Meinem Kopf ist jede Gelegenheit recht, um in der Raumzeit, dem unerschöpflichen Fundus an Geschichten abzuschweifen, und darüber verliere ich den Faden von Zorros und meiner Geschichte. Ich werde daran denken, wenn du nicht hier bei mir bist und ich dich vermisse, gepaart mit dem brennenden Gefühl, nie wirklich präsent zu sein, wenn du da bist, selbst heute nicht. Einer von uns beiden ist unsterblich, und zwar der, der nicht darüber nachdenkt.

Vor Zorros noblem Schritt bricht jedwede Illusion von uns in der Existenzkrise gefangenen Ex-Affen in sich zusammen.

Mit seinen Kopfgeburten und ständigen Vergleichen vergrätzt mein Verstand die Wirklichkeit: Er sieht, wie die Dinge sind, oder glaubt, es zu sehen, und überlegt, wie sie noch sein könnten, fängt an zu träumen und herumzuspinnen. Oder macht mir die Vorstellung Angst? Und schon werde ich unruhig. Wo bin ich gelandet? In einem schwarzen Loch, in der Antimaterie des Verstandes.

Zorro findet mich bestimmt ziemlich komisch. Wenn er meine Gedanken lesen kann, ist ein Besuch bei mir für ihn wie ein Kinobesuch. Heute lief der Historienschinken *Der Schiffbruch der Scarpa.*

Derweil verpasse ich den gegenwärtigen Moment und ergehe mich in Grübeleien, was verloren (wieso eigentlich verloren, ich erinnere mich doch? Wo war ich, als die Zeit verging?), noch nicht erreicht oder noch zu erreichen und zu tun ist und welche Aufgaben mein Verstand und ich im Sinn behalten müssen, statt einfach aufzustehen und sie zu erledigen. Jetzt, wie Zorro es tut. Oder dann, wenn ihre Stunde gekommen ist.

# EIN TEIL DER WIRKLICHKEIT SEIN

Zorro ist die Manifestation des Seins.

Da versuche ich in Worte zu fassen, was mich seit mehr als dreißig Jahren umtreibt, und er hat in Sekundenschnelle seine präverbalen Lösungen für mich parat.

Er zeigt mir, dass es die Dinge sind, die erledigt werden wollen, und zwar von dem, der gegenwärtig und dazu bereit ist.

Und ist man gegenwärtig, ist man das Ja des Seins.

Diese Zeile will geschrieben werden, denn schließlich schreibe ich sie: »Danke, dass du das tust«, sagt sie. »Aber ich bitte dich, keine Ursache, meine Liebe«, antworte ich und denke erfreut: »Was für eine nette Zeile!«

*Einen Stift nehmen und*
*sich Schuhe an die Füße malen.*
*Sich vorstellen, sie seien zu eng.*
*Sie ausziehen.*

## DIE SCHÖNHEIT ZU TUN, WAS GETAN WERDEN WILL

Zorro wäscht sich, leckt sich mit seiner kleinen, rauen Zunge gewissenhaft und konzentriert über Fell und Pfoten und fährt sich mit den frisch geleckten Pfoten übers Gesicht. Geradezu methodisch tut er, was getan werden muss. Manchmal helfe ich mit, kraule ihm sanft die Schnauze oder entferne den Schlafsand aus den Augenwinkeln, und ihm scheint es zu gefallen. Ich könnte den ganzen Tag damit verbringen, ihn hingebungsvoll zu flöhen. Glücklicherweise stellt er mich nicht auf die Probe, er hat keine Flöhe.

Ich, die ich keine Katze bin, mache nicht nur sauber, sondern denke auch noch darüber nach. Geschirr spülen macht mir Spaß. Saubere Teller sind viel zufriedener: Sie riechen gut und sind glatt und rein. Was für eine Freude, sie im warmen Wasser in der Hand zu halten, die Beschaffenheit des Tellers unter den Fingern zu spüren, den Schwamm zu fassen, die Gläser zu trocknen und ins Regal zurückzustellen.

Ich streiche auch gern die Wände weiß, und damit es mir nicht zu viel wird, streiche ich jedes Mal nur ein Stückchen. Das Quadrat unterm Fenster zum Beispiel.

Derweil beobachte ich Zorro, der im Hof durch den hohen Schnee auf und ab läuft. Ich frage mich, was er da tut. Nachdem er sich einen ordentlichen Trampelpfad gemacht hat, setzt er sich hin und erledigt seine Bedürfnisse: Er wollte sich nicht in den hohen Schnee hocken. Auf seine Art hat auch er Vorlieben und setzt seine Ideen um. Allerdings tut er es sofort und ohne darüber nachzudenken.

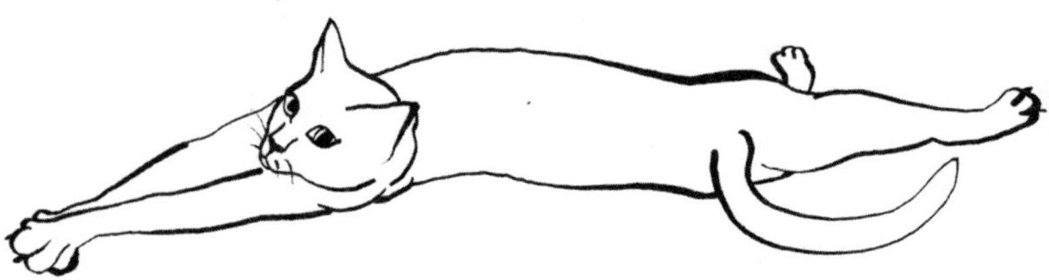

*Ein Mann ging einmal die Straße entlang*
*und hörte einen anderen zum Metzger sagen:*
*›Gib mir ein schönes Stück Fleisch, vom Besten!‹*
*Und bei der Antwort: ›Hier ist alles vom Besten!‹*
*erfuhr er die Erleuchtung.*

## VORLIEBEN

Zorros unglaubliche Fähigkeit, vollkommen reglos in derselben Position dazuliegen; zu sagen, er »schläft«, wäre nicht richtig: Er schläft nicht, er ist da, gelassen und gegenwärtig. In einem anderen Bewusstseinszustand, wachsam in der Trägheit, in seinem schönen hingestreckten Körper.

Er lebt die Ruhe.

Ich kann nicht so lange stillhalten wie Zorro, meditieren ist für mich das Schwierigste überhaupt, ich bewege mich immer als Erste.

Uns Ex-Affen fällt es entsetzlich schwer stillzuhalten, aber wie können wir uns dann auf das Schöne besinnen (wenn wir es denn bemerken)? Das Gute der kleinen Dinge.

Wer weiß, ob Zorro das rhythmische Klackern meiner Finger auf der Tastatur genauso schön findet wie ich sein Schnurren? Meinen Kindern, die mit dieser Musik der Dinge aufgewachsen sind, gefiel es.

Wie gesagt, für mich ist (Vollkorn-)Zwieback das Allergrößte, am liebsten mit Frischkäse drauf, Robiolina zum Beispiel. Wenn es nach mir ginge, könnte ich im Sommer von Eis und Obst und im Winter von Zwieback und Bier leben. Und von Sauerkraut aus der Packung, ich bin eine Supermarkt-Aborigine.

Ich mag es auch, hier zu sein und ich zu sein und niemand anders. Der Zusammenbruch der Hormone – als er mich vor Jahren erwischt hat, habe ich es poltern hören. Eine echte Befreiung von den Stimmungshochs und -tiefs, vom Überschwang, den Gefühlsduseleien, ein Kollaps jeglichen Verlangens und der daran geknüpften Probleme. Wenn man jemanden liebt, geht es einem niemals gut: Zu zweit verdoppeln sich die Wünsche und damit die Probleme.

Bei Zorro und mir ist das nicht so: Wir leisten uns gute Gesellschaft. Eine Liebe ohne Ecken und Kanten, minimal, ohne Geschichte – das lerne ich, indem ich es Zorro auf dem Sofa gleichtue.

Es ist überhaupt nicht wichtig, und es stimmt. Jetzt gibt es den Freiraum, mir der Schönheit des puren Seins und Zorros Weisheit bewusst zu werden.

Und was mich betrifft, ich habe dieselben Gefühlshochs und -tiefs wie der Regenwurm, den ich vom Gehsteig hebe und vorsichtig auf die Erde setze, damit niemand ihn zertritt.

## WÜRMER UND SCHLANGEN

Zorro hat mich erwählt, ein Phänomen des Lebens, das sich ganz von selbst eingestellt hat.

Er ist nicht immer da, doch das Warten schürt die Erwartung, und wenn er nicht anwesend ist, ist da immer noch meine Vorstellung von Zorro, der gleich kommt, und früher oder später passiert es: Hier ist er, er ist da.

Ehrlich gesagt genügt mir allein die Vorstellung von Zorro. Die Gewissheit, dass es ihn gibt, leistet mir Gesellschaft. Das hat ein bisschen was mit meiner Art zu lieben im Allgemeinen zu tun: Mir genügt der Gedanke an die Menschen, die mir wichtig sind, und an Zorro, um sie bei mir zu haben.

Wenn dich keine Katze auserwählt, dann findet sich vielleicht ein anderer Meister, wer weiß, das Würmchen im

Apfel zum Beispiel (und ist eines drin, ist der Apfel garantiert »bio«), das wir in unserem Ex-Affen-Größenwahn (in jenem Akt, mit dem wir das Ende unseres Affendaseins besiegelten) seit Urzeiten als Schlange bezeichnet haben.

Die Gentechnik (denn inzwischen sind wir Ex-Affen technisch versiert) hat die Würmchen aus den Äpfeln verdrängt, und früher oder später werden wir uns statt Wollschals zahme, mit Sonnenenergie betriebene Schlangen um den Hals binden: der letzte Schrei.
Bis dahin kannst du die Katze in dir bitten, dir Lehrer zu sein. Als Kinder der Evolution müssten wir schließlich alles in uns tragen: Würmchen, Schlangen und Katzen. Meine innere Katze wird mich nie verlassen, es sei denn, ich bekomme Alzheimer.

Auch ein Kieselstein kann mein Lehrer sein, wenn ich ihm diese Bedeutung gebe, dagegen wehren wird er sich bestimmt nicht: Ich habe schon immer gern Steine gesammelt, sie sind so eindeutig auf der Seite der Schwerkraft, meiner Lieblingskraft.

Dinge (und Goldfische) haben den Vorteil, dass sie stumm sind und ihren Lebenswillen ganz sacht, leicht und lautlos zum Ausdruck bringen.

In der Stille lerne ich die Geräusche des Hauses lieben, werde mir bewusst, dass sie auf meiner Seite sind und mich beschützen. Das *Wrummmm* der anspringenden Heizung rettet mich zum Beispiel vor der Kälte. Und das *Klick* des Lichtschalters schaltet den Strom ein und aus, der, wie der Name sagt, herbeiströmt, um Licht zu machen.

Das tröstliche Schweigen der Dinge: Wie schön, still dazusitzen (zu zweit! Zorro und ich) und der Welt zu lauschen, die da ist – die wir sind. Zusammen mit allem anderen.

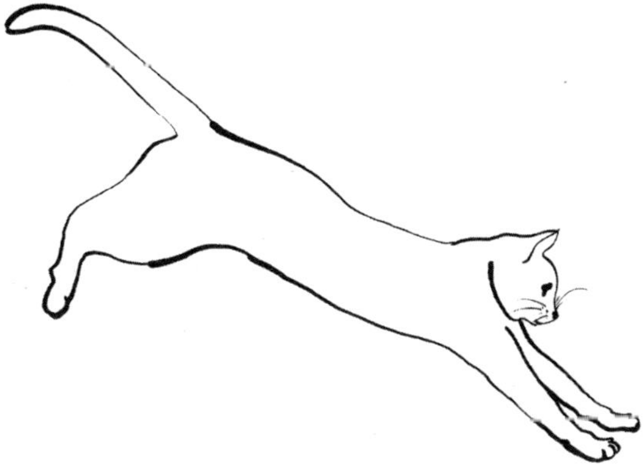

# EINE LEIDENS-BÉCHAMEL

Wenn er sich nicht weh tut oder andere ihm etwas zufügen, leidet Zorro nicht. Er ist dazu nicht fähig. Passt ihm etwas nicht, geht er weg. Wenn ich mit meiner Freundin in der Küche plaudere und wir für seinen Geschmack zu laut lachen, steht er auf und verzieht sich ins Schlafzimmer. Und wir lachen noch mehr. Zorro kann nicht lachen und auch nicht leiden. Er denkt nicht, dass er es lernen müsste, das oder sonst etwas. So ist nun einmal seine Wirklichkeit, und für ihn ist das völlig in Ordnung.

Zorro quält sich nicht mit Gedanken der Art »Mit der Welt stimmt etwas nicht«, was womöglich bedeutet: »Mit mir stimmt etwas nicht.« Und ist uns nicht bei jeder Erfahrung mit der Welt unser lästiges »Ich« im Weg? Die Nase zum Beispiel. Schon als Kind habe ich die beiden Nasenspitzen beobachtet, die alles einrahmen, was ich sehe, glücklicherweise jedoch halb durchsichtig sind, und wenn ich das rechte Auge schließe, sehe ich nur rechts eine Nase. Ob es deshalb heißt, »nicht über die eigene Nasenspitze hinaussehen«? Zorro müht sich nicht ab, passt sich nicht an, macht keine »gute Miene zum bösen Spiel«. Und sein hübsches, flaches Näschen ist ihm nicht hinderlich und verstellt ihm nicht den Blick (wie mir meine).

Wenn Zorro das Bedürfnis hat vorbeizukommen, dann kommt er vorbei, wenn er gehen will, geht er. Wenn er auf dem Sessel sitzt, hat er das Bedürfnis dazu. Er denkt nicht darüber nach. Er lebt die Lösungen, nicht die Probleme.

Zorro widersetzt sich der Wirklichkeit nicht, indem er sich vorstellt, wie sie eigentlich zu sein hätte. Er versucht nicht, die Dinge so zu lenken, wie es ihm passt. Er passt sich den Dingen an.

Im Gegensatz zu mir denkt er nicht über zig Möglichkeiten nach, vor sich selbst zu fliehen, er haut ab, wenn er das Bedürfnis dazu hat, immer im richtigen Moment, nämlich genau dann, wenn er es tut.

Wir Menschen hingegen sind Weltmeister im Leiden. Wir meinen, wir brauchten dieses oder jenes, und glauben es auch noch. Wir zerbrechen uns den Kopf, knabbern daran herum und jammern. Wir jammern, dass wir darüber jammern, und dann geht es uns noch schlechter.

Dabei müssten wir gar nicht leiden, auch wenn wir keine Katzen sind. Es ist meine Art zu denken, die mich unglücklich machen kann. Was bringt mich bloß dazu, zu glauben, die Dinge müssten so sein, wie ich es will.

Leiden ist wie Béchamelsoße.

Was haben Béchamelsoße und Leid gemeinsam? Beide sind hausgemacht. Und wir erfinden sogar die Worte, um darüber zu sprechen. Ich habe sie vorgefunden, sie waren schon da, ehe ich auf die Welt kam, und haben auf mich gewartet: Daraus schließe ich, dass es nicht nur mir allein so geht.
Zorro schweigt. Nur ganz selten lässt er ein Miauen hören, um auf sich aufmerksam zu machen: damit ich morgens aufstehe oder ihm die Tür öffne, um ihn hinauszulassen.

Die magische Wirkung der Worte verpufft mit ihrer Verwendung, und manche sind derart breiig geworden, dass sie uns zwischen den Fingern zerrinnen: Worte wie »Liebe« oder »Kommunikation«, was ist damit wohl gemeint?

Zorro fällt darauf nicht herein. Geduldig und liebevoll schaut er mich an.

Zorro sagt so etwas wie *Miau*, allerdings nur selten, und ich glaube ihn zu verstehen; mit den geringstmöglichen Mitteln bedeutet er mir das, was er meint.

In meinem Kopf hingegen drehen sich die immer gleichen Sätze, graben Stolperfurchen in den kahlen Boden meines erstarrten Bewusstseins, das sich verzweifelt an die wenigen übriggebliebenen Worte klammert, als wären sie der Handlauf der Seele.

Mit »Béchamel« meine ich diese cremige Soße aus Milch, Wasser, Butter, Mehl und einer Prise Salz; simple, alltägliche Zutaten. Man kann sie schon fertig kaufen oder ohne großen Aufwand selber machen. Und sie dann über das Essen kippen oder sonst was damit anstellen.

Das Gleiche gilt für das Leiden, das unser Verstand mühelos und völlig unbemerkt selber machen kann, ganz allein und ohne Töpfe.

## ZU VIEL UND ZU WENIG

Zorro leert das Schälchen: Ich würde sagen, es waren zu wenig Brekkies. Er sagt nichts. Mit endloser Langmut hockt er auf den Hinterpfoten neben dem leeren Schälchen und wartet, dass ich es bemerke und ihm noch welche gebe. Wie immer sind es dann zu viele: Er lässt sie liegen.

Er geht davon und demonstriert mir die Vornehmheit des Davongehens.

Ich habe ihn noch nie jammern sehen. Sein Verstand macht ihn bestimmt nicht mit endlosen Grübeleien über das Zuviel oder Zuwenig des Lebens verrückt. Er urteilt nicht, bewertet nicht, wägt nicht ab, erforscht nicht die Wirklichkeit. Und fühlt sich noch nicht einmal schlecht dabei.

Er weiß nicht, wie es ist zu leiden, wenn die Dinge nicht so laufen, wie ich will (das gilt auch für mich selbst: wenn ich nicht »bin«, wie ich will), und ich deshalb ablehnend und verärgert bin. Und mir das nicht passt. Und es mir nicht passt, dass mir nicht passt, es zu sein. Das Leiden darüber, dass es »mir nicht passt«, dass die Dinge so sind, wie sie sind (wie sind sie denn? Keine Ahnung! Wie sind sie auf subatomarer Ebene? Oder auf astrophysischer?). Ich verspüre Ablehnung, und das gefällt mir nicht. Ich verspüre Ablehnung gegen die Ablehnung. Es ist wie beim Kampf gegen den Märchendrachen, dem immer neue Köpfe wachsen.

Dabei erscheint es doch so einfach: Zorro zeigt mir, wie man sich gelassen auf die Seite der Gegebenheiten stellt. Um hier zu sein und ich zu sein und nicht ein anderer, brauche ich nur aufzuschreiben, was der Verstand, der behauptet, der meine zu sein, mir gerade eingibt.

# SICH FREI MACHEN

Zorro kennt den Schmerz, das Leid jedoch nicht. Zumindest glaube ich das.

Den Schmerz vom Leid unterscheiden: Schmerz ist physisch, unmittelbar, wie Zahnschmerz. Das Leid ist, mich dagegen zu wehren. Der Unwille, der Groll, die Furcht, ihn zu verspüren. Meine Ablehnung und meine Wut. Oder meine Traurigkeit: ein wohlerzogener Widerwille auf Zehenspitzen.

Zorro zeigt mir, dass ich mir Letzteres getrost sparen kann. Widerwille ist nichts anderes als eine Einbildung meines Verstandes, der etwas anderes will. Kümmer du dich drum, lieber Verstand, schließlich hast du dir das ausgedacht, sage ich ihm. Nimm dir ein Beispiel an Zorro.

Zorros Verstand scheint von Natur aus davon frei zu sein.

Soll ich mich auch befreien?

Gelingt es mir denn, mich ein kleines bisschen von solch widerstrebenden Kräften zu befreien und sie aufzuschieben, komme ich mir eher vor wie ein Zombie denn wie eine Katze.

Ein glücklicher Zombie? Wir wollen nicht übertreiben.

Ich lausche der Welt: Schluss mit der Gegenwehr.

Schluss mit der Suche nach dem Glück!
Welch eine Befreiung.

## WER BEOBACHTET WEN

Mein Nachbar mit der gelben Tür hat mich gerade angerufen: Ich bin nicht in der Stadt, und er hat mir gesagt, dass Zorro heute vorbeigekommen sei. Er sei »nervös« gewesen, ständig zwischen meiner Tür, der roten – die der Nachbar ihm aufmacht, um ihm zu zeigen, dass ich nicht da bin und dass er trotzdem gern dableiben und es sich in seinem Sessel bequem machen darf –, und der gelben des Nachbarn auf und ab gewandert.

Zorro gibt dem Nachbarn zu verstehen, dass mit meinem Nicht-Da-Sein etwas nicht in Ordnung ist. Wenn das stimmt, hat er mich erwischt. Zum Glück wird er es nie zur Sprache bringen.

Doch ich glaube nicht recht, dass Zorro »nervös« war. Natürlich kommt er immer wieder vorbei, kontrolliert noch einmal und noch einmal – wer weiß, vielleicht habe ich mich unterm Sofa versteckt, und er hat es vorhin nicht bemerkt? Zorro ist gründlich und genau, und dann entscheidet er sich für die Wohnung mit der gelben Tür oder auch nicht. Ziemlich oft, so erzählt mir der Nachbar, würde er schnurstracks auf seinen Lieblingssessel zusteuern und allein in meiner Wohnung bleiben.

Zorro leistet sich selbst Gesellschaft. Er leidet nicht an Einsamkeit oder an zu viel Phantasie: der Einbildung, dass »jemand da sein müsste«. Nach ein paar Stunden geht der Nachbar mit der gelben Tür nach ihm sehen. Es ist ganz offensichtlich, und der Nachbar teilt es mir telefonisch mit: Nein, Zorro leidet nicht an Einsamkeit. Er liegt noch genauso da wie ein paar Stunden zuvor.

Wer weiß, was Zorro denkt?

Und ich? Ich bin hier, mehr als tausend Kilometer entfernt, denke an Zorro und frage mich, was er wohl denkt.

## DER GESTIEFELTE KATER

Es gibt viele »Ideal«-Katzen, die unsere Gedanken bevölkern und nicht schnurren. Im Märchen vom gestiefelten Kater ist die Katze halb Butler, halb PR-Agent, der seinem jungen Herrn mit Klugheit und Geistesgegenwart zu Glück und Reichtum verhilft. Das hat etwas mit der Sehnsucht nach jemandem zu tun, der uns hilft, unsere Rechnungen zu zahlen, und nicht nur das.

Wieso lassen wir uns nicht von der allgegenwärtigen und von uns so häufig unterschätzten Schwerkraft helfen, halten still – zumindest ab und zu –, verteilen unser Gewicht so, dass es ihr keinen Widerstand leistet, und sind dankbar dafür, dass sie existiert und uns mit beiden Beinen auf der Erde stehen lässt.

Im Chinesischen klingen die Worte für »Katze« und »Achtzigjähriger« fast gleich *(mao)*, und vielleicht gilt die

Katze deshalb als Glücksbringer: Sie verspricht ein langes Leben.

Eine gute Ideensuppe bringt stets neue Ideen hervor, und so fällt mir gerade ein, dass, wenn in China jemand allzu viele Komplimente macht und einen mit Sympathiebekundungen überhäuft, man mit wissender Miene sagt: »Ja, ja, die Katze weint um die Maus …« (… die sie gerade gefressen hat).

Im chinesischen Horoskop gibt es das Jahr der Katze (es kommt nach dem Jahr des Tigers und vor dem des Drachen), das jedoch in manchen fernöstlichen Ländern das Jahr des Hasen heißt. Bei uns hingegen sind Kaninchen und Hasen ein Inbild für Angst, vielleicht, weil sie so schnell wegrennen, während die Katze für uns Neugierde, Überlegenheit, Anmut und Magie verkörpert.

Zum Thema Katzen fallen uns endlos viele seltsame Geschichten ein. Zu allem anderen auch, wenn wir wollen.

Manche glauben, die schwarze Katze, die unseren Weg kreuzt, bringe Unglück: vielleicht, weil sie nicht mit uns kommt, weil sie uns den Weg zeigt, den wir nicht gehen werden?

# VORBEIKOMMEN

Zorro kommt mich besuchen. Das ist eine Tatsache. Aber kann ich sagen, er verfolgt ein Ziel?

Wenn du dich deinem Napf mit Katzenkeksen näherst, bist du vorsichtig und lässig zugleich. Ohne das winzigste Anzeichen von Unruhe. Als wolltest du sagen: Wenn der Keks gegessen werden will, schön, ich bin bereit. Oder ich warte oder gehe weg und komme später wieder.

Mit mir ist es das Gleiche, ich bin dein menschlicher Keks: Wenn ich da bin, schön, wenn nicht, gehst du vermutlich zum Nächsten.

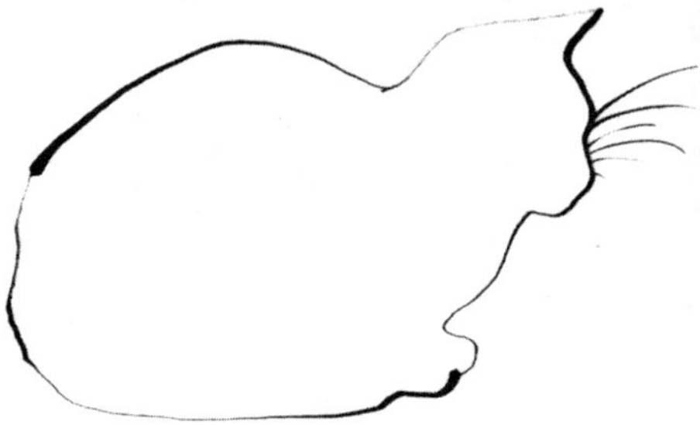

## GLÜCKSFANATIKER

Zorro ist nie traurig. Glaube ich zumindest. Wenn die Umstände nicht seinen Anforderungen entsprechen, sucht er sich andere Umstände.

Die Traurigkeit ist eine schüchterne, sanfte und ziemlich standhafte Ablehnung: Sie blockiert uns, und wir vergessen, uns etwas anderem zuzuwenden.
Uns zu rühren.

Wenn ich von dir lerne, lieber Zorro, von meiner beharrlichen Traurigkeit abzulassen, erstaunen mich die Ansprüche, die ich an die Welt stelle, das ständige Bewerten und Kategorisieren meiner Gefühle.

Wer weiß, ob unsere Nomadenvorfahren vor Tausenden von Jahren weniger traurig waren?

Aber vielleicht wissen wir Ex-Affen mit dem Glück nichts anzufangen. Wir suchen es lieber (indem wir von Ast zu Ast hüpfen), statt es zu finden. Das Glück wird so schnell schlecht. Und es gibt keinen Kühlschrank, in dem es sich hält.

## TIERE IN SCHWIERIGKEITEN

Zorro sperrt sich nicht gegen die Wirklichkeit, er stupst sie höchstens ein bisschen zur Seite, um sich bequemer auf ihr ausstrecken zu können. Oder er weicht ihr elegant aus.

Er weiß ganz genau, was er tut, in jedem Augenblick. Er ist so konzentriert, so gegenwärtig.

Zorro denkt nicht, dass er es schaffen muss. Und sollte ihm je etwas Ähnliches durch den Kopf geschossen sein, hat er es bestimmt nicht ernst genommen. Deshalb fühlt er sich auch nicht unfähig. Es kommt ihm gar nicht in den Sinn.

Er tut, was er kann, immer. Oder nein. Er ist, was er kann.

Er geht niemandem mit verzweifelten Versuchen, es besser zu machen, auf die Nerven.

Er lebt nicht besser, er lebt gut.

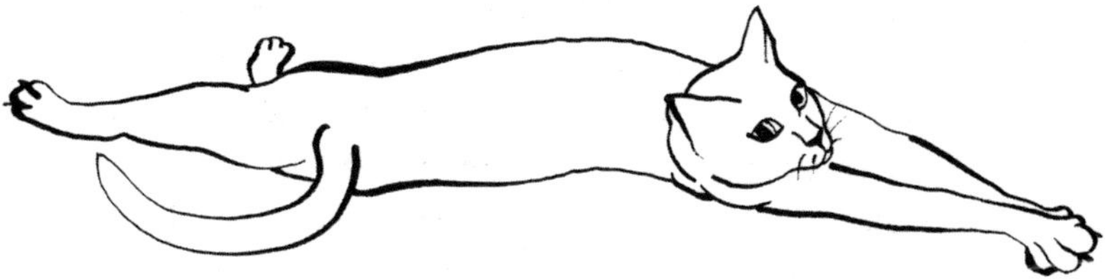

## EVOLUTION UND FLASCHENTEUFEL

Zorro und ich liegen auf dem Sofa: zwei Exemplare, die die Evolution bestätigt hat, bis hierher. Du schnurrst und ich kraule dich ausgiebig unterm Kinn, am Hals und hinter den Ohren.

Du magst es, mit der Nagelbürste gebürstet zu werden, die inzwischen zu deiner Bürste geworden ist. Wenn ich dir den Rücken bürste, läuft dir ein Schauder durchs Fell, ich halte inne, frage mich, ob du es schön findest oder nicht, versuche es erneut, wieder ein Schauder, Schnurren, Schauder, Schnurren – was meinst du, haben wir ein erotisches Verhältnis, du und ich, oder du und deine Bürste? Hin und wieder halte ich inne und stehe auf, um die Haarballen wegzuwerfen (du verlierst ziemlich viele Haare), und du folgst mir mit deinem endlos langmütigen und verständnisvollen Blick.

Wenn ich aufhöre, beschwerst du dich nicht, sondern legst den Kopf auf die Pfoten und schraubst deine Aufmerksamkeit herunter, ohne wirklich zu schlafen. Bei Meditationskursen spricht man von Bewusstseinsebenen und »Versenkung«, um die eher unbeschreibliche Erfahrung des »Hinabsteigens« zu anderen Ebenen in Worte zu fassen. In einigen Lehren hat man sie sogar nummeriert. Und du, Zorro, zeigst sie mir einfach, ohne Nummern und erklärende Worte.

Dennoch packt es dich hin und wieder, mein lieber Verstand, und du willst abhauen oder angreifen, und vor Urzeiten wird das bestimmt nützlich gewesen sein, sonst wären wir jetzt nicht hier. Aber heute schreckst du schon bei unmerklicheren »Gefahren« auf, die nicht das Überleben, sondern deine geliebten Ansichten bedrohen, mit denen du dich identifizierst. Verteidigst du sie deshalb und verspürst dabei den gleichen Stress wie vor 40 000 Jahren, als uns ein blutrünstiger Tiger gegenüberstand?

Der Tiger hat sich fortentwickelt und nach Tausenden von Jahren Zorro hervorgebracht. Meinen Lehrer.

Und ich hocke noch immer hier und versuche zu lernen, Ruhe zu geben und mir nicht immer alles erklären zu wollen und bla bla bla ... ein nervtötender Ex-Affe, der sich immer noch an Vorstellungen und Begriffe klammert wie damals an die Äste. Die ganz harten Fälle versteigen sich sogar dazu, sich an den Ästen aufzuhängen.

Doch es geht auch ohne. Um zu verhindern, dass deine Reflexe die Oberhand gewinnen, lieber Verstand, reicht es, dir nicht zu glauben, nicht immer. Dich mögen, das ja, du bist einfach so beharrlich auf meiner Seite, lieber Verstand. Ich kann dich in den Arm nehmen und trösten: Hey, aufwachen, die Tiger sind zu hübschen Katzen geworden, zumindest in unserem Teil der Welt. Seit 40 000 Jahren bist du so sehr damit beschäftigt, mich zu verteidigen, dass dir das entgangen ist, mein Lieber. Komm schon, von heute an nenne ich dich mein Flaschenteufel im Kopf, dann haben wir's lustiger, in Ordnung?

Du diktierst, und ich schreibe und nehme dich ein bisschen auf den Arm, ich bin deine Sekretärin. Du weißt doch, wie gern ich dich hab.

Zorro ist ein Ergebnis der Evolution, wie ich und mein Flaschenteufel.

Als die ersten Flaschenteufel der ersten menschlichen Wesen ihre ersten Gedanken wahrgenommen haben, glaubten sie, es sei die Stimme eines höheren Wesens, und gaben ihm in verschiedensten Sprachen und auf zahllose Arten den Namen »Gott«. Bis heute weiß man nicht, ob sie recht hatten. Es existiert kein schlagender Beweis, und deshalb gibt es zig Religionen. Aber wenn ich darüber nachdenke, bin ich trotzdem dankbar, dass meine Stimme mir Gesellschaft leistet, wenigstens sie, und ganz ohne dabei meine Telefonrechnung in die Höhe zu treiben. Die Evolution hat tautologische Kräfte: die Energie, den

Lebenswillen, die Existenzfähigkeit, und da sind wir. Was für ein langer Weg für meine uralte Hand, die JETZT tippt, und auch für deine, und wieder ist es JETZT, und das an jedwedem Ort.

# DU BRAUCHST NICHT ALLES ZU WISSEN, NICHT IMMER

Zorro schnurrt zufrieden und lauscht meiner Stimme, wenn ich ihm vorlese, was ich geschrieben habe. Er mag das Geräusch. Vielleicht denkt er, ich singe ihm was vor.

Singen, wie schön!

Du und ich, Zorro, wir brauchen nicht zu wissen, wie der erste Anthropologe hieß, der »exotische« Völker untersucht und neben ihren Bräuchen und Gepflogenheiten auch erforscht hat, was ihnen in ihrer Kultur wichtig war. Diese Spannung zwischen sein und sollen, die jeder menschlichen Kultur zugrunde liegt und die Natur nie in Frieden lässt: Wenn ich ehrlich bin, ist auch mein lieber kleiner Flaschenteufel nicht frei davon.

Wissen nützt nichts. Zumindest nicht im Sinne dieses Klammerns an die Erkenntnisse, das uns dazu dient, recht zu haben und unsere Angst, schwächer zu sein als die anderen, von ihnen untergebuttert zu werden, in Schach zu halten. Ignoranz – der buddhistischen Lehre nach einer der Hauptgründe für Leid – bedeutet nicht nur nicht wissen, sondern auch, Wissen wie Knüppel einsetzen, um die anderen zu beherrschen. Die emotionale Ignoranz, nichts zu ahnen von unserem Klammern an das, was uns Sicherheit gibt.

All diese schönen Erkenntnisse, die ich brauche wie Äste, um mich daran festzuklammern und mich sicherer zu fühlen: Du kannst gut darauf verzichten. Du brauchst keine Argumente, Gründe und Methoden, um eine gute Katze zu sein, du bist es und basta.

Du klammerst dich nicht an Dinge, du streckst dich auf ihnen aus.

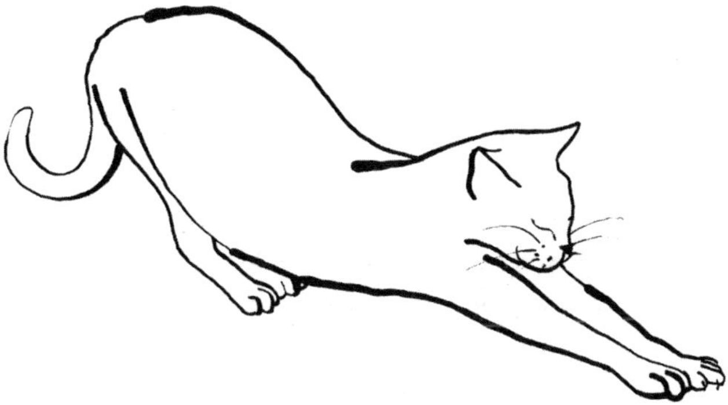

# MEINUNGEN

Normalerweise sind alle Meinungen falsch, zumindest vom anderen Standpunkt aus.

Hier eine kleine Geschichte, von der in der taoistischen Welt verschiedene Varianten kursieren:

Ein Mann beklagt sich bei seinem Meister und erzählt ihm, was passiert ist. Der Lehrer hört ihm zu und antwortet: ›Du hast recht!‹ Ein anderer protestiert und schildert ihm seine Version der Geschichte, und der Lehrer antwortet: ›Du hast recht!‹ Ein dritter, der zufällig alles mit angehört hat, bemerkt: ›Meister, was sagst du da? Es können doch nicht beide recht haben!‹ ›Du hast ebenfalls recht!‹, entgegnet der Lehrer.

Vom jeweiligen Standpunkt aus und eingedenk der guten Absichten hinter den vorgebrachten Argumenten hat jeder recht. Wohin all die guten Absichten uns führen, steht auf einem anderen Blatt.

Es ist ein schönes Gefühl, »recht« zu haben. Aber wozu ist es sonst noch gut?

Zorro legt keinen Wert darauf, recht zu haben. Ich auch nicht. Derweil vertreibt sich der Verstand damit die Zeit, im Innenhof der Seele.

# WER BIST DU?

Wenn ich es mir nicht verkniffe, ständig zu beurteilen, wie mein Flaschenteufel es liebt, würde ich sagen, es ist längst nicht immer alles eitel Sonnenschein, nicht einmal mit dir, Zorro. Zweimal hast du mir einen echten Schrecken eingejagt.

Einmal, in einer Sommernacht, habe ich dich unten auf der Straße schreien hören (vor Schmerz? vor Wut?). Hastig bin ich in die Kleider gesprungen und die Treppe hinuntergerannt, und da hockst du vor der Haustür, völlig verstört und verängstigt. Du kannst dich nicht beruhigen, dennoch kommst du herein, dein Schwanz peitscht hin und her, wie ich es noch nie bei dir gesehen habe, dann willst du plötzlich wieder raus, beißt mich in den Knöchel, als müsstest du aus irgendeinem Grund Streit mit mir anfangen. Wer weiß, was dir zugestoßen ist. Macht Angst dich aggressiv?

Beim zweiten Mal habe ich den Fehler gemacht, in deiner Gegenwart ein Fläschchen Baldrian zu öffnen. Schlafen (und träumen) ist meine wahre Leidenschaft, dann schicke ich meinen ruhelosen Flaschenteufel ins Kino. Doch kaum hatte ich den Flakon geöffnet, merkte ich, dass ich das besser nicht getan hätte: Dein Kopf schnellte in die Höhe, mit gespitzten Ohren, gereckter Nase und völlig irrem Blick. Der Geruch allein scheint wie eine schwere Droge auf dich zu wirken: Du hast dich in die gefährliche Raubkatze verwandelt, die du bist. Wäre mein Affen-Ich deinem Ur-Tiger vor ein paar zehntausend Jahren begegnet, wäre es nicht lebend davongekommen.

Mit spitzen Krallen packst du mich, wie besessen im gewaltsamen Liebesrausch. Immer noch schnurrend, versuchst du mich mit einer Pfote festzuhalten, ich reiße mich los und verletze mich. Tiefe Wunde, viel Blut, ein um den Finger gewickeltes Papiertaschentuch. Es scheint, als würden wir unsere Freundschaft mit Blut besiegeln. Wild funkelst du mich an. Während ich den Finger in die Höhe recke, um die Blutung zu stoppen, frage ich mich, wenn es wirklich nicht mehr braucht als Baldriangeruch, um dich in ein Untier zu verwandeln: Wer bist du wirklich? Und wer bist du jetzt? Und ich mit meinem völlig zerfaserten Verstand, wer bin ich eigentlich?

Der Einfluss der Chemie auf deine Synapsen, die wegen eines Pflanzenextraktes völlig außer Kontrolle geraten. Aber wie sagt meine weise Schwester so schön, auch der Schierling ist eine Pflanze. Und die Blätter von Maiglöckchen und Oleander sind hochgiftig, die idealen Zutaten für einen Selbstmordsalat.

In diesen seltenen Ausnahmemomenten zeigst du mir, dass mein Zen-Meister mit der friedlichen, langmütigen Natur und den trägen eleganten Bewegungen auch eine unberechenbare, blitzschnelle, wilde Kehrseite hat. Ein Prankenhieb von Zorro kann wirklich weh tun. Zum Glück kommt es nur selten dazu.

Als gelehrige Ex-Äffin weiß ich nun: auf keinen Fall ein Baldrianfläschchen in deiner Gegenwart öffnen.

Welche Substanz lässt eigentlich uns Menschen oft so heftig aufeinander reagieren? Es muss etwas in der Luft sein, aber was?

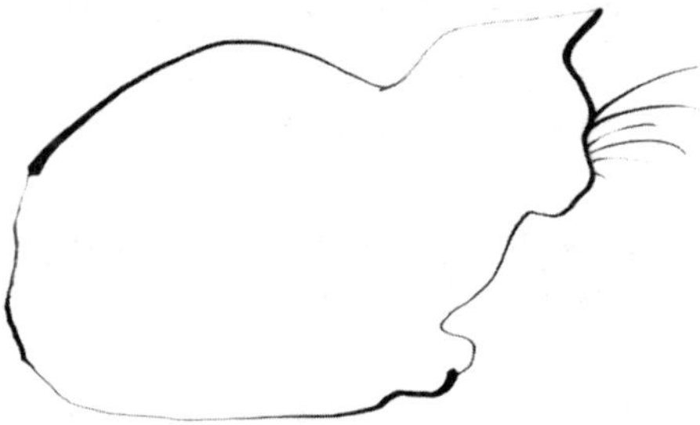

## STILLE, BIS AUF DEIN SCHNURREN

Zorro antwortet nicht. Zumindest nicht in Worten und Begriffen. Das ist Teil seiner Weisheit. Wenn ich wirklich von ihm gelernt hätte, wären die Seiten dieses Büchleins jetzt weiß, bereit für das, was kommt. Ich würde weiße, unlinierte Bände veröffentlichen, mit kleinen Zeichnungen hier und da. Oder ich würde gar nicht mehr schreiben, höchstens mit dem Finger in die Luft. Vollauf damit beschäftigt, dem, was sich hin und wieder in meinem Kopf und dort draußen im sogenannten Leben blicken lässt, ein Lächeln zu schenken.

Die »richtigen« Antworten sind die, die Zorro nicht gibt.

Zorro ist die Antwort: er existiert.

Wie er so zusammengerollt und träge vor sich hin brummend daliegt, scheint es mir fast, als hätten meine Überzeugung, dass es so etwas wie Fragen und sogar Antworten gibt, und mein unermüdliches Suchen danach für ihn etwas Rührendes. Zorro ist die Wirklichkeit, die ist, wie sie ist, und sich ab und zu für mich entscheidet.

Zorro ist hier bei mir, er zeigt mir, wie es geht.

Und ein bisschen gelingt es auch mir, hier bei mir zu sein.

# DANKSAGUNG

Ich danke Zorro und meinem Nachbarn mit der gelben Tür, dass es sie gibt.

# INHALT